文芸社セレクション

5.13　ある名門哲学科卒の脳卒中格闘記

田

文芸社

目次

5・13　ある名門哲学科卒の脳卒中格闘記

まえがき

本になるなんて、全然思いがなかった。

意識せずに、楽に書いたつもりである。

自分が経験したことを書けるなんて、夢のようである。

東洋大学文学部哲学科を卒業させてもらい、今は亡き両親に感謝する次第であります。東洋大学への母校愛は計り知れない。歴代の東洋卒から出た諸作家（坂口安吾先生他）の人々に較べると足元にも及ばない。これを機会に、作家気取りが増せば……とこの頃思う。私の下手くそな文章を読まれた方々の素直な気持ちを御教示下さい。正直に受けとるつもりです。よろしくお願い致します。

5・13　ある哲学科卒の脳卒中した人間の生活の前と後

「私は十年程前に脳梗塞で倒れて言葉が出づらいのでご了承下さい。」と私は電話するごとに前置きすることがいつもだった。その方《ほう》がスムーズにいくのだった。本当、私は十年程前に脳卒中で倒れた。朝起きると左手がぎこちなく感じた。ちょうど誕生日だった。日曜日であった。五月十三日であった。五十五歳になったのである。すぐに妻に病院へ連れていってもらった。ストレッチャーで運ばれ、天井の薄汚い濃茶色が印象的だった。検査室へ連れていかれ、いろいろ検査された。脳梗塞であった。妻から聞いたが、右側の脳が真っ白だった。左半身マヒになった。……

二浪からタバコをふかし始め、アルコールもしだいに多くなり始め、運動もせず、体を動かしたことはなく、好きなだけ本を読み、頭ばかり使っていたのである。だから大きな病気をしたのかもしれない。仕事はタクシーマン。所得安のタクシー会社の退職金を受け、十年以上の結果がこの金額か?! 何とも仕様のない。もう、二、三円足すと百万円は何てふざけているのか! あと少しで百万円は人生を馬鹿にしている。社長を乗せたことはあるが、これと言った印象もない。運転手の仕事は選んでの仕事ではない。タクシーを辞めてからどうするのか? 左半身マヒの人間に仕事は何もない。

幾度か胆石症を患った。入院は二、三回繰り返した。入院中、看護師の数人とトラブルを起こした。これも脳梗塞が原因であった。結局は入退院を繰り返して仕事の方は考えないようにした。市内の中堅病院に入院して、小規模のリハビリ病院を紹介され、半年以上の入院生活は忍耐の日々の連続だった。病室の窓ガラスの掃除しきれていない様子を見つめ続けるのが嫌味に感じた。やっと退院日を迎えた。さわやかさを感じた。退院後、リハビリにお世話になった介護福祉士の方が辞められて大阪に異動と聞いた。何故か懐《なつか》しい。幸せを祈り続けた。女性の若い方であった。左半身麻痺は私には幸運であった。それが逆であったならばかなりショックであったろう。右手が使えてよかった。読書が好きな私は、雰囲気を変えるためにテレビをよく観た。テレビとは別にパソコンもよく利用した。パソコンのいいところは不明点を明らかにしてくれるところであり、ユーチューブを好きなだけ味わえることである。音楽も好きで、翌日のデイサービスのカラオケで歌う曲をよく調べたものである。

脳卒中、特に脳梗塞という病気は、人生に対する考えを逆転させるのではないか？　と思う。病気後に全く異次元の考えが浮かんだ。私は哲学の名門と昔から言われている東洋大学哲学科に進学した。その反対に、脳梗塞後に、しきりに医学を勉強したく思い始めたのである。同じ病気の人を癒したく、治療してあげたく思ったのである。さかんに自分に合った医学部を探し出したのである。やっと私学の医学部を探し出した。脳梗塞という病気は全く奇抜な発想をさせる。「不可能を可能としてくれるような」ことです。脳梗塞はその目的を完遂させる病気であり、本人にそうなるように努力させる（このことは個人差があると思う。）

歩行も不自由、話すのも不自由、左を使う時に生じるイラダチには、もう慣れたけど、月日は十年以上経た。その反対にいいところが出た。正直に話すと、脳梗塞発症前は、私は少し吃音者だった。小学校の教師に笑われて以来、ずっと吃音を体験した。学校の朗読の時間は全く嫌であった。成人後、仕事の事務職につきものの電話の応対には限度があった。いつも吃音と友人であった。脳卒中特有の口ごもった話し方、そのことに助けられて今は、吃音苦痛は静かになりつつある。

あと対人関係について、世の中はやさしい人が多いようで、私に対しては物腰のやわらかい人との出会いが重なった。今は病気前の自分と比較すると、楽になった感がある。病院の医師を始め、事務、看護師の方にも感謝したい程です。倒れた当初は、いろいろ自分なりに悩み、周囲の人達にも迷惑をかけることは多々あったけど、あれは自分のわがままでした。長年、親しみがあって五年程お世話になったデイサービスにも、愛するが故に、出て行くキッカケを自分で作って、他のデイサービスに移った。愛するが故に出たのだった。移ったところは、今のところ問題が起きずのままでいる。平穏である。最初のデイサービスは何かと個性が強く表れていたのかもしれない。……。

人生の中で突然に片足で歩行するようになった。何だかわけのわからない胆嚢炎にもなった。以上のことを経験した人は世の中に少ない。

脳梗塞になった人の小学生時代

昭和二十年代、北海道にある炭鉱都市と呼ばれている「美唄市」に私は生まれた。三菱美唄は美唄の東、ずっ…と山の奥にあった。幼時は美唄市は大きな町と思ったが、今は小さくなってしまった。付近を流れていた川は石炭色の黒い川だったが、今は自然なきれいな川になっている。美唄鉄道、バスの終着駅「常盤台」駅の奥は二の沢、三の沢等と名が付き、五の沢、六の沢があったと聞いている。小さい頃、五の沢あたりへ行ったことがあり、かなり「山の奥」であった。後日に、その深い山の向こうは「富良野」であることを聞いた。

幼稚園は昭東幼稚園であった。赤ら顔のチョット美人な「小林《こばやし》先生」

どうしているのだろう。御健在か?! 黒い河のほとり、「宮の下」地区に炭鉱病院があった。病院があった所、「清水台《しみずだい》」上に私が住んでいた炭鉱長屋があった。そこは炭鉱独特の造りで、ほかには見られない。中復に二軒造りの職員宿舎が点々としてあり、中腹の登った所に、炭鉱用語で「詰所《つめしょ》」と呼ばれている所があり、その周りに食料品や、酒等を扱っている「生協」があった。炭鉱の社員で少し役職のある二軒が隣りあっている家の宿舎が台上のあちらこちらに建っていたが、正社員ではない鉱夫が住んでいた長屋、六軒長屋は台上の頂上にぽつんと並んでいた。トイレのある家屋は、これも炭鉱特有で一長屋の両端に二戸あった。トイレはまわりは雑草で囲まれるように繋っていて、かなり汚かった。幼稚園時代はやさしくしてくれた小林先生の他にほとんど記憶に無い。

昭東小学校は円形状の校舎になっていて、当時は話題になっていた。一年から三年生までの担任は村上《むらかみ》先生という女の先生であった。とにかくこの先生にとても可愛がられた。四年生になると木下《きのした》先生という女の先生に変わった。近くの「我路」地区の住居があったところによく遊びに行ったものだった。

当時の不況下の炭鉱の中で、四年生の終わりに別れの時を迎える。亡父が炭鉱の仕事を辞めることになった。学校の友達がどんどん辞めていき、母に美唄市内の洋服屋にて、都会的な薄茶色の「スプリングコート」を買ってもらった。亡父の退職金はすべて聖徳太子の千円札ばかりであった。見ると札の幅が厚かった。青森までの青函連絡船がどんな船だかは憶えていないが、青森からは当時の寝台特急に乗った。寝台は「上中下」の寝台で大きな車窓をはさむようにあった。汽車は確か「十和田号」という名であった。難なく三菱美唄鉱業の本社のある丸ノ内ビルに向かうと、突然父が倒れた。軽い脳梗塞であった。一週間して父が良好になり三菱鉱業のはからいでゴージャスな黒いロールスロイスで、雇用促進事業団鎌ヶ谷宿舎まで送ってもらった。これも亡き母の父が三菱の職員、正社員であったから特別待遇をしてもらったということを、あとで知らされた。

四月に近くの鎌ヶ谷市内の東部小学校へ転校した。先生は「小林《こばやし》」という男の先生であった。そのうち、鼓笛隊の副指揮に任命され、次第に成績が良くなってきた。中学を決めるのに、「鎌ヶ谷中」か「船橋中」にするか、迷ったものだったが、結果は鎌中にした。

脳梗塞になった人の中学生時代

鎌中入学年は定かではない。入学式に貧血で倒れた。坊主頭であった。一年五組だった。担任の先生は数学の小野寺美代子《おのでらみよこ》先生だった。英語がだんだんと得意になった。将来を考えて、外交官等を目指すようになった。クラブは最初は野球部であった。次第に新任の体育の先生が顧問となり、友達とともにバレーボール部を創設した。今はどうか知らないが、初めは弱かった。アタックのうまいS君は習志野高校へ進学した。中学の修学旅行は確か日光だったと思う。成績がぐいと伸び、高校は大学進学校の国府台高校、私立は東邦大学東邦高校へ合格した。クラブはバレーボールを続けた。生徒会副会長へも立候補したものだった。

スポーツは持久走が得意だった。成績はクラスで五番以内で、学年成績は模擬試験で学年順番表で一番と張り出されるのが、正直言って得意気に思ってもみた。高校進学のことで亡母が誇らし気に中学に来学したのは記憶が懐しい。東葛飾高校、市川高校と迷ったものだった。六十過ぎた今でも鎌ヶ谷中学のことを鮮明に覚えている。心に掛けていた女の子Wさんはどうしているのだろうか？　お世話になった先生方はお元気でお暮らしか？

脳梗塞になった人の高校生時代

比較的難なく県下の五、六番目位の高校へ入学した。千葉県立国府台高等学校だった。中学の進学指導の先生からは一ランク上の高校を紹介されたが、無難とのことでここを受験し、私学は当時は市川高校と並んでいた東邦大東邦高校を受験した。国府台は実母が地方新聞で、一番おしりの方に合格者名として載っていたことを確認したそうである。多分ギリギリの成績だったろう。東邦は中学校の担任から合格を聞いた。

国府台へ入学してからの教室担任の先生に、一枚の紙切れを渡された。内容はただ19番と書かれていた。学年で受験にて19番の成績順で入ったと、その時判断したが、あとから聞くとクラスの順位だった。進学校のクラスの中で十九番というのは「なかなかのものだ。」とうぬぼれたのである。学年が進むにつれ、次第に順番が下がりはじめた。三年になると通常試験は主要科目で「赤点」が目立ちはじめた。だんだんと進学どころでなくなってきたのである。国府台は浪人の風潮があった。一、二年浪人して上位大学へ合格していた人が多かった。例えば一橋大学とか東京工業大学等が主だった。ただ東大合格は少なかった。クラブ活動は千葉県下の高校の中でクラブ数が少ないフェンシング部へ入った。いつも東葛飾高校と二校で力を分けていた。フェンシング部は近くの神社の階段で「かけ登り」をよく練習した。「うさぎとび」もよくさせられた。厳しさで二年生まで続かなかった。

現在のフェンシング部の試合成績は上の中であろう。昔、国府台の在学中に陸上に日本一速い選手がいた。スポーツ新聞に載ったことがある。石沢《いしざわ》さんであった。在学中はもっぱら、スポーツに、勉強にと、国府台が目立った。今から思うと国府台高校の環境はスコブル良かった。江戸川があり、行き帰りにほとりをよく歩いた。京成国府台駅から国府台高校まで十五分位、よく飽きなく通学した。

国府台は高台にあり、和洋学園、千葉商科大学、医科歯科大教養部と並んでいた文教地区であった。そこは市川市の誇るべきして、静かなところであった。江戸川で有名なのは、「矢切の渡し」だと思う。国府台時代はなぜか行けなかったし、行く気もしなかった。心に思っていたことは、男子は千葉商科大学、女子は和洋女子大に進学する気がないという鴻陵生は多かったに違いない。国府台で楽しかった記憶は昼食時に思い切り走っての弁当買いであった。「焼きそば」「スパゲティ」が適当に油が浸み込んでいて、中々美味であった。国府台のあくせくしない空気は又格別であった。在学生は文化祭ばかりにのめりこみ、三年になってようやく受験勉強を始めるのがきわめて多い。のんびりしたやわらかい校風であった。職員も生徒もせっぱ詰まった感がない。浪人の多い高校である。

脳梗塞になった人の青年時代

　進学した大学は哲学で有名な学校であった。不思議と哲学科志望に変更をした私は、自然と、哲学で名のある学校に進学した。受験の成績と偏差値が私の学力と一致しそうなので、その学校を受けてみた。やっと第二補欠で入学したのである。その頃は「補欠にも順番があるんだ!!」と思った。当時の学費は驚くほど安かったのである。その学校は一、二年時に教養と専門科目を同時に開講していたので、他の大学と少し違っていた。それに、自分の興味のある科目が多数あったのでその学校に決めた。まず天文学、生物学、地球学等があった。とても興味深く勉強したのである。地球学が「優」で、天文学が「良」で比較的自然科目の成績もよく、哲学、文学等の人文科目も良い成績を修めたのである。政治学等の社会科学は普通だった。サークルは地方各地を旅して地域文化を探る「地方風物詩研究会」を二年まで、クラシック音楽をレコードで聴いて楽しむ「古典音楽研究会」を卒業までその会長を務めながら所属していた。

四年時に管弦楽団が創設された。古典音研がその走りである。学生時代は大学卒業するまで、これといった大病はしなかった。

脳梗塞になった人の青年、老年時代

大学卒業後は、これといった就職活動はしなかった。何故ならばもっと上で勉強をしたかったからである。哲学科専攻の私は、哲学科で有名な、歴史のあるこの大学に所属したのを、内心誇らしく感じていたのである。経済的に余裕のある感覚は私独断であった。大学院へ進学したく、結局、修士の試験を受けぬまま卒業を迎えた。父母は会社の寮の仕事があったので、そこを離れることができず、卒業式会場の日本武道館へは行くことができなかった。自分一人で卒業証書は大学へ戻って哲学科の教授から、直接手渡された。普段は祝事に集合写真がつきものだが、哲学の学問的性質上、真の友人はできなかった。故に写真が一枚もない。淋しい限りである。卒業後は就活もせず、親のスネをかじって、両親の勤めている会社に就職した。総務部に配属された。さっそく部内で悪口、不平を言い出す者が現れた。電話の応対が悪い。長髪で事務職員にふさわしくない。以上だった。

結局、配属部署は総務部総務課であった。従業員数百人足らずの中小企業であり、一部上場の油圧機械会社の下請であり、何も興味もわかない中小企業であった。退職の二、三ヶ月前、十五年勤続であり、退職金は数える程しかなく、記憶に残ってはいない。「いつか辞めてやろう」と思った矢先、食品会社の募集が目に付き、二度目はそこに再入社した。電算関係部門だったがプログラム作成できずに、ちょくちょく工場現場に駆り出された。全くおもしろくもなんともなかった。帰宅時間は深夜にも及んだ。休む日も多くなった。失業保険をもらって次の仕事をと、探していた。早稲田にあった小さなソフトウェアの企業に面接に行った。好印象にとられたみたいで、かねてからの念願であったコンピュータプログラムの会社に採用決定された。自分でプログラム作成の仕事、つまりプログラマーの仕事につけたのだった。そこは出来合いのプログラムだった。地方税をパソコンで計算して、その結果、申告用の書類を提出するものだった。社長、私を含めて、四、五人の社員であった。給与もすこぶる高額であった。購入先の企業を数知れず訪問した。

ところが問題が生じたのである。ある日、社長直々に話があった。電話の応対であった。肝心のプログラム作成はいっこうに教えてくれなかった。少しずつ嫌悪感が自分の心中を漂っていった。帰りはへたをしたら終電に間に合わないくらいの時間であった。社長から再び話があり、

「会社都合で辞めてくれないか！」

だった。「人間関係の企業はもはや勤めない。」と心が決まったものである。正直言って首《くび》にされたのである。

脳梗塞になった人の脱サラ時代

つぎは人間関係と最も近くないタクシー時代に入った。もともと車の運転が好きだった私は最後の仕事になったタクシー運転手の職についた。二種免許を取得するまでの間はタクシー会社で生活保障をしてもらった。千葉市にあるタクシー免許試験場にて、ラッキーセブンで、やっと七回目の試験で念願であった試験がやっと通ったのである。その時はとてつもない嬉しさであった。笑顔が今でも目に浮かぶ。やっと人並みに生活できると……。

タクシー仕事の基本は駅付けから始まる。

主要駅であるＪＲのＦ駅から始まったのである。Ｆ駅には北口と南口があった。江戸幕府でないが、北口がはやっていて、利用者はそこに集中した。当然ながらタクシーは北口に集まるようになった。直接、現金を扱う仕事だから、一番最初の「お客」にはかなり緊張したものである。……。

昼間の仕事より夜間の方が稼ぎがよい。なぜなら、午後十時以後は深夜割増が重なるからである。大体夜間は昼間の、三倍以上の売上が見込めるはずで、夜のみの運転手が特に多かった。……

駅付けで客待ちのタクシーの中で、基本料金のみで売り上げたタクシーは特に惨めである。約百台以上のタクシーが客待ちしていて、二、三時間も待って基本料金のみで終わるのは、その日の売上合計がざっと予想されて、一日七、八千円が普通で、一万円を超すにはかなり苦労をした。ワンメーターが昼間だけやっていた運転手さんの平均ともいわれるもので、当たりはずれがあり、自分の売上、一日の昼の売上の合計は二万円弱がやっとだった。……（しんどい!!）私は十三年程、タクシー運転手だった。妻に後で聞いたことだが、十五年勤続するとタクシー会社は退職金が百万円に近いとのこと。十三年いたので百万円に退職金が届かなかった。平均、十八万以上二十万以内の月の給与、この退職金を合わせて年収いくらかは想像できるであろう。タクシーの仕事を辞めた後、二度とこんな割に合わない仕事はしたくないと思った。若い人には正直言ってすすめたくはない。……。

昼だけではとうてい生活することができないので、昼間と夜間の交互に切り換えた。少しは売上が良くなると思ったが、そうではなかった。……昼のみとそんなに変わらなかった。状態は変わらなかったが、さすがに「夜だけやる」に切り換えなかった。何故なら、「かなりしんどい」と聞いていたから……。

様々なお客がいた。駅付けしていると、仰々《ぎょうぎょう》しく、メモされた紙を持ってお客が乗ってくる。

「運転手さん、何々グランドホテルって遠いんですか。」

「すぐ前の横のホテルですよ。」

という。さっさと降りてそのホテル目がけて歩いていった。……タクシーにのんびりと乗ってからそんな状態では、運転手さんもひょうし抜けする。乗って腰を下ろす前に乗らないままで、ドアのところで聞いてくれとお願いしたいものである。

「ありがとうございました!!」

と言うと、メーターは基本料金のみで、堂々と一万円を出すお客。そういう時は「一言」言ってもらうと、いい対処がとれる。悪いトラブルになりかねないのである。……。

三番目は夜運転していて、いかがわしい女性を乗せるのも禁物かもしれない。最悪の場合性的要求を訴えて、迫《せま》ってくる人が案外多かった。……。

それに地理がよくわからないのに、タクシーに乗り込んでくるお客、そういうお客は結構迷惑なお客である。……。

またタクシー乗車中に突然「容態」が悪くなり、病院へ行けと言うお客。これが地方の田舎の中を走っていたら、中々病院等も見つからない。その他、いろいろ、十三年の間に起こった。……。

学校（大学）を卒業して、四度目の転職で、タクシーの二種免許を取得して市内のタクシー会社に再就職した。少し吃音の私にとって電話の応対が多い事務職は全く合わなかった。二度と事務職には就くまいと、その時思ったのである。最初の仕事でコンピュータプログラマー的仕事に変更したく、市内にある食品会社の電算管理職を募集していたので、そこへ再入社した。そこはプログラム作成どころか、現場へ出ることが多かった。そこも駄目で、三度目の正直で、西早稲田にあった、当時のソフトウェア会社へ再就職した。法人地方税申告パッケージ作成の会社で、昔の丸の内ビルにあった上場企業等に取引があった。社員数は社長含めての四、五人の中小企業だった。給与が今までの仕事以上の高額で、目標の仕事に向けての夢があった。最終的には見くびられて退職せざるを得ない状況におちいったのである。二度とこんな仕事はしないと真面目に思うようになり、自分の人生の本当の仕事としてタクシー運転手を考えるようになった。タクシーは本当に厳しかった。収入は月一〇万平均以下が多かった。長所は自分の自由の時間はあるが、短所は全く生活費にならなかったことである。相当ひどかった。自分の年金と一緒にしてのタクシーの仕事なら良いかもしれない。……。

十三年間、ずうっとそのこと、年金とタクシーの収入を思いながらタクシーの運転手をやっていて、とうとうその仕事と別れの時を迎えたのである。

ある日、夜番の時の朝、不思議なことに、私の誕生日の日に、終《つい》に決定的、致命的な病気が私を襲ったのである。……。

「脳梗塞」であった。……。

県では指折りの病院へ運び込まれ、二、三日、寝台上で病院の不気味な様子の灰白色の天井を何度も見せつけられた。診察室の別室にてストレッチャーでの日々が続き、やがて六人部屋の片隅に閉じ込められたのである。

おぼろげながら意識はあった。一番、特に辛かったのは、喫煙であった。妻に何度もタバコを要求した。とうとう持ってこなかった。タバコは売店にはなかったのである。退院後に聞いたが、食事は鼻から管《くだ》を通して行うことだった。だんだんと慣れてきて、タバコの禁断症状がやわらいできた。日々を過ごしているうち、リハビリ等を先生方にお世話になることになる。病室が何階だったか忘れたが大きなテレビが置いてあった空間に座って、若い女の芸能人が自殺したのを観た。それだけは忘れない。あと憶えているのは風呂であった。自分の体をさらけだしたのは今回、初めてであった。「はずかしさ」というより、複雑であった。

次にお世話になったデイサービスセンターについて書きます。
一、一番最初にお世話になった施設。
そこでの印象は個性的であった。センター長が何しろ人間的であった。女性であり、私にとってなじみ深い、六十年の人生中、私にとって真の人間であった。施設長としては似合っていて、「おじいちゃん、おばあちゃん」等の多くの人がその方をしたっていた。センター長本人も老人達をこよなく愛していた。

年齢は、当時は五十代半ばで、私も人知れずあこがれたのである。第一は老人達を何事にも大事にした。要望が出ると、それに対して真面目に取り組んだ。第二は老人達に対して明るく振る舞い、しっかりした笑顔で対処した。一番最初に利用した施設はセンター長以下、すべてのスタッフ達が人間的で、家族的に接してくれて、責任者であった施設長の影響を受けていたのが、本当にすばらしい。その施設と別れ、最終的に出所する時、センター長の次位にあるスタッフが自宅に送っていただいたが、彼女の眼がうっすらと涙をうかべていたことを憶えている。施設を出たわけは、そこを愛するあまりの出来事で、勝手に理由をつけ、出て行っただけである。わがままで気ままである私に付き合ってくれているケア・マネージャーも三人目の女性に変わった。同じ学校の出身（東洋大学）ということで、今度のケアマネは付き合いが長くなるだろうな、とその時は予感したものである。……

実は、私も、かなり母校愛では、だれにも、気持ちは負けていない。尋常な母校愛ではない……。全国的に有名な東洋大学は哲学で発祥した大学で、若い頃、哲学を希望した私は、学力的に、二浪した後、東洋大学文学部哲学科を、当時は大学で行っていた「地方試験」を受験して、第二補欠で合格通知をもらったのである。東洋大の一九七〇年代の後半の授業料は他校に較べて、非常に安かった。年間十四万円程だった。

現役時代は「英語」が比較的得意であったので、ひやかしに、浪人を覚悟で、外国語学部で有名な獨協大学を受けた。亡父と見学に行ったものだった。当時の国府台高校は浪人進学の逆風が漂っていた。一浪目の「慶応」、「明治」、「法政」、「中央」はすべて落ち（さすがに「中央」は問題用紙が一枚のみで、問題が易しかったのを覚えている）、友人が

「中央」に合格した。二浪目は次第に人生を見詰めるようになりはじめ、進学について考えたのである。次は東洋大学文学部哲学科に補欠合格したのである。中央大学に進学した友人は、

「東洋は現役でも入れたのに……。」

と言ってくれた。


正直言って、東洋大学へは二年浪人して、入学した。文学部だった。それも就職には程遠い哲学科だったのである。当時の自分がまだ若かったせいか、社会に出てからの就職先はあまり考えていなかった。

高校からの友人がしきりにうるさいように、言ってきたが、哲学科を卒業するまでの間、将来のことは何も思わなかったのである。

「何とかなるさ!!」

と思っていた。卒業後、両親の会社に、「親のコネ」を使って、中小企業程度ではない、従業員数が百人前後の油圧機械製造業に入社した。

イメージ的に卒業後は、新聞・出版関係とボンヤリ考えていたが、全く反対のブルー企業になってしまった。それも営業関係志望が、総務・経理部門になってしまった。これぞ夢かまぼろしかであった。

東洋大学時代は入学前の柳田國男からの影響もあってか、「遠野物語」のイメージで、「地方風物詩研究会」という、旅行が好きな者同士が集まった小さなサークルに入会した。本当に「遠野市」に旅したのである。家の角《かど》の隅に「馬屋」があった。物語そのままであった。岩手人の涙が出る雰囲気の「おもてなし」で大変貴重なことになった。帰りに左に太平洋を臨み、仲間と共に、はしゃいでいた自分を憶《おも》い浮かべた。外の海岸は岩だらけで遠野から仙台へと向かったのである。二年生頃になると、そのサークルの会長に推挙された。しきりにサークルを遠ざける様になり、二年生の後半頃になって、あの昔の重厚感ただよった大講堂の一階の奥方の方にあった「古典音楽研究会」と言う、大学の文化団体連合に属していた部室に多く出入るようになった。そこのお蔭で、クラシック音楽に興味を抱くようになった。今でもモーツァルトを聴くようになったのは、そのサークルの影響が大きい。メンバーの面々はバイオリン、チェロ等、楽器をよく持ち歩く者が多く、秋田出身の教育学科のバレリーナ志望の、顔が面長の美人女子学生がいた。部室では著しく音響効果のある器材が揃っていて、今のＣＤではなく、レコードをよくかけた。再び会長に選ばれた。現在の管弦楽団の前身は、古典音楽研究会であった。懐《なつか》しい……。

学生時代は何とも思わなかった「大講堂」の偉容さ、四人の東西哲学者の顔像等が五号館の正面入口の上にあった。「つた」のからまりが美しかった当時の短期大学校舎、当時の歌謡曲の歌詞の材料になったものがゴロゴロしていた。何年か前に現在の大学を観に行った。あまりにも変わりばえしていた。令和の東洋大学がそこにはあった。

当時は（一九七〇年代）、千葉県下で五本の指に入った進学高校に、地方新聞に最下位で掲載された成績で入学して、一番悪い成績で卒業を迎えた。英語が比較的得意だった私は、現役時には獨協大学外国学部に受験して失敗した。

浪人一年目は歴史学、特に日本史に目覚めて史学科を受験し、慶応、明治、法政、中央大学の文学部は総て失敗したのである。慶応は単純で、とっつきやすく、明治、法政は難しく、可能性があったのは中央大学文学部であった。他は綴じ込みの問題用紙であったのに対して、中央大学の問題用紙は素直に一枚のみであった。さすが「法科の中央」で、文学部は重要視されていないと思った程であった。中央は易しく感じた。案の定、友人ももちろん合格し、肝心の私は二年目の浪人を迎えたのである。

「大学で勉強したい学問は何なんだろう。」と真面目に考え始めたのである。人文科学、自然科学と、社会科学へは全く興味を示すことができなかった。物理学、生物学、英文学等があって、立教大学理学部に興味を持ち出した。しまいには、地球物理学に思いをめぐらし、日本大学文理学部応用地学科を考えた。いろいろ思いをめぐらして、最終的にたどり着いたのは、学問の根本である、「哲学」であった。私にとって、適当だったのは学力的に見て、東洋大学文学部哲学科であった。当時、東洋大学は二月の本試験の前に、年明け早々の一月頃に「地方試験」を行なっていて、早速それを受験した。授業料等が、他学に較べ、本当に安かった。ここに入学したのである。通学は西船橋から東西線に乗り換えて、大手町で都営線に移り、白山で降りたのである。

東洋大学のある白山は文学部を中心とした割と落ち着いた町だった。特に際立った名店という有名な店はないが、東京大学のある本郷が近い。丸の内線に「本郷三丁目」という駅があった。本郷は「東京大学」白山は東洋大学と言うのが、当時は筋だった。東都大学野球で「東洋」が優勝した時の思い出はどこへ行ってしまったのだろう……。学生時代に大学の初優勝を経験したのは良き誇りとなる。卒業して何十年かあとに、箱根駅伝の連勝時代もすばらしい。柏原君が陸上を辞めたのも残念である。彼の後、超一流の選手が生まれて、出てきたのも嬉しい限りである。以上スポーツの盛んだった東洋大学は、文化等においても有名であった。明治時代の、哲学者、仏教家であった、東洋大学の創設者、「井上円了」博士、文学で特異であった小説の「坂口安吾」氏、私が卒業後の、都市社会学者であった、学長の「磯村英一」氏、その他、数えれば、キリがない程、著名な人達を輩出したのである。……。

大学の偏差値はそれ程高くはないが、高校生達が、東洋大学の再認識を希望するものである。それぞれの大学を観察しているが、東洋大学は将来性のある学校と認識しても良くはないか?!

箱根駅伝について

現在、六十八歳にもなる私は、東洋大学を卒業して、何年になるのだろうか?!　何年に卒業して、「何期生」なのか、全く不明だが、大学の歴史が百三十年以上あるから、おそらく百三十何期か、百四十何期とはなっていないだろう。大学創設の歴史が、百年以上ある学校は珍しい。駅伝が東京箱根間を競うようになったのは多分東洋大学が当時の哲学者であった宗教家の学祖、井上円了氏が建立して以来、つまり明治二十年以前に箱根駅伝が開始されて、東洋大学の出場がポッン、ポッンとあった。今年で何回目の出場だろうか?　東洋大在学当時は一〇位以内であったが卒業して何年か経た時、大学が次第に跳躍してきた。人一倍、愛校心の負けない私にとって、どんどん「東洋」の名前が新聞等に載ることは、大変誇らしく思ったのである。それ程東洋大学は愛着心があった。野球も強いけれども、アイスホッケー、相撲が際立っている。スポーツの盛んなのは良いが、伝統的な文芸等も活躍してほしい。もっともっと東洋大学が盛んになるためには、大学受験をもっと盛んにするべきであり、大学自体をもっと魅力ある学校にしていく必要があり、最終的には大学役員の責任を問う必要があろう。評議員等の責任は重い。芦ノ湖の土産物屋が並んだ店のほとりに、「箱根駅伝」を讃えた小さな碑がひっそりと佇《たたず》んでいた。作者は東洋大学の当時は詩人であった、「勝承天」の詩が書いてあり、読むと、駅伝について雄々しく、おとなしく飾られてあった。この詩を拝すると、いかに箱根駅伝が著名であるかが理解できる。箱根駅伝に参加するのに予選会がある。それにある順位までとどかないと箱根へは出られない。大学駅伝部は懸命である。毎年シード権内に入っている東洋大学、早稲田大学等は各卒業生は安心するが、そのシードになるのに各大学はおろそかにはしてはいられない。正月の二日三日の読売新聞、スポーツ新聞が楽しみである。

病気と私

最終的に、全く考えもつかない病気に陥ってしまった。十年以上も前、それも自分の誕生日に、よりによって、トイレから出たあと、左半身が利かなくなった。アパートの小さな玄関に居すわり、こんなことを思った。

「とうとう、きてしまった。」と……。

今後のことを考えると、ほとんど、頭の中が真っ白になった。左の手と足が全く「うん」とも「すん」とも言えない状態になってしまったのである。常日頃、しているように、左上服のポケットに愛用のタバコを即座に詰め込んだ。救急車の内は全く見慣れない風景だった。隣の市内の大規模病院に担ぎ込まれ、何度もストレッチャーに乗せられて、灰色した味気ない天井を何度も見た。後でわかったことだが、左胸のポケットのタバコが見つかり、妻が看護師にひどく叱られたことを聞いた。ステーキ等と高脂質な物をさんざん食してきた者にとっての仕打ちか？　タバコもひどい時は一日、六十本は多すぎる。誕生日の五月十三日に最悪の病気が私を襲ったのである。この小説のタイトルは妻が即座に、5・13と決めた。人並みに食ができるようになったのは病院到着後、二十日を過ぎてからだった。まともな字が書けるようになったのは一週間後だった。血圧の方が救急車で運ばれている時は百八十まで昇ったということである。病院へ着いてからの行動は全く皆無と言っていいほど記憶がない。大規模病院での入院生活はテレビを観ている状況は思い浮ぶのだけれど、細《こまか》いことは、脳の病気が障害している。五十五歳で脳梗塞で倒れて以来、現在六十八歳に至るまで、十年以上経過した。次第に受け入れるようになってきた今日この頃である。

娘と私

娘は知的障害を持っている。重い方ではない。三十三歳になるまで、懸命に生きている。普通に話はできないが、短いのだと可能である。今まで苦労してきたことなど、あまり憶えていない。彼女は自分なりに苦労しながら生きてきた。中学校までは特別支援学級で、高校は養護学校の高等部であったが、学校生活は問題となることはなかった。それ程までに、私達を安心させた。病気一つしないで、私達二人を安心させた。現在は市が経営している福祉作業所に働き始めて十年以上にもなった。妻と二人で安心している。一つ問題がある。給与は、月に一万円弱というのはどんなものなのか?! 親が健在している現在は問題がないが、私達二人がいなくなったり、死亡した場合、一人で生活できるのか。そのことが親の心配である。政府等が力を入れているのはわかるが、今まで以上に市役所等の人間は更に細く観察していただきたく思う。やる気さえあればもっと仕事が増えるに違いない。

私は今六十八歳である。妻はひと回り違うから五十六になる。生活は私の年金と娘の年金にプラスして妻のパートの収入になる。こういう家庭は全国で津々浦々にあるだろう。国、つまり政府は大きなことに目を向けず、小さなことに関心を向けてほしい。そんな国会議員がいたらといいと思う。表面だけの議員はいらない。

繰り返すが、娘が仕事できるように、障害者用の仕事をもっと増やして、収入が人並み以上になることを切に希望します。

闘病生活は十年以上が過ぎた。容態はすっかり元のままである。十年以上前のある日に、トイレから出てきて突然に左手が利かなくなった。顔面が妻が恐ろしく驚くように大変形した。以前の「いい男」がだいなしになった。救急車の内部はおぼろげながらに記憶していた。近くの大病院へ連れていってもらい、病院の天井の灰色がよく目についた。気が付いた時はベッドの上であった。脳梗塞であった。……

タバコは大学の浪人時代にはじめた。スポーツは特に好きというのはなく、「高校時代」に県下にある高校でフェンシング部に入り、中途でやめた。それ以来、スポーツらしいスポーツはしていない。お酒等アルコール類は、そんなに強くなく、たしなむ程度であった。食事はアルコールを飲んだ後の、「バカぐい」は多かった。それにプラスしてアイスクリーム等の甘味類もよく食べた。タバコの本数は一番軽いマイルドセブンを二十本入りの箱を、一日、三、四箱吸うのが多かった。運動もせず、二十歳前後からタバコを始めて、倒れる五十五歳まで続けていたら決まりきったことである。脳卒中に襲われたのである。それも日本人に多い脳梗塞であった。そんな状態の自分を簡単に受け入れることはできなかった。

驚いたことに解決策というものが浮かんだ。自分の病気に立ち向かうためには、自分の病気を治療することをやればよいのだ。脳梗塞、つまり脳の病気を勉強、研究すればよいのだと。医学の勉強である。そのために医学部進学を考えればよいのだ。年齢がすごいハンディである。まあいいか、何でも挑戦だと……次第にそう思うようになってきたのである。現在は数学をはじめ、苦手な理科系の科目を基礎からやりはじめている。……。

以上

あとがき

田　苦多郎

現在、自分の病気「脳卒中」は生涯治ることもない。死を迎えるまで、付き合わねばならないはずだ。治らない病気を治そうとするのが医者の仕事である。その医者を希望して、受験勉強している。その医者を希望して、受験勉強している。脳卒中の詳しい医学部はどこの大学か……今も懸命にさがしている。

自分の人生は特別な人生ではない。脳卒中でない人々と一緒に生きていればそれでいい……。

以上

著者プロフィール

田 苦多郎（でん くたろう）

本名：澤田繁雄
昭和27年5月13日、北海道美唄市生まれ。
昭和46年3月、千葉県国府台高等学校卒業
昭和48年4月、私立東洋大学文学部哲学科入学
昭和52年3月、同校卒業
昭和52年4月、油研工業株式会社下請会社に総務部員として入社
平成2～3年、山崎製パン下請サンデリカ株式会社総務部入社
平成3年以降、コンピューターソフトウエアプログラム開発会社ソフトファクトリーにプログラマー、システムエンジニアとして再就職
平成7～8年、タクシー乗務員として、二種免許取得
平成19年～、脳梗塞発症、入院。現在に至る

5.13 ある名門哲学科卒の脳卒中格闘記

2021年9月15日 初版第1刷発行

著 者 田 苦多郎
発行者 瓜谷 綱延
発行所 株式会社文芸社
〒160-0022 東京都新宿区新宿1－10－1
電話 03-5369-3060（代表）
03-5369-2299（販売）

印 刷 株式会社文芸社
製本所 株式会社MOTOMURA

ISBN978-4-286-22099-4